청어詩人選 357

R. 타고르 '동방의 등불'(기탄잘리)
그 예언의 두 주인공은 현존하는 인물이다.

구룡폭포에 오르며

이성호 시조집

구룡폭포에 오르며

이성호 시조집

발행처 · 도서출판 청어
발행인 · 이영철
영 업 · 이동호
홍 보 · 천성래
기 획 · 남기환
편 집 · 방세화
디자인 · 이수빈 | 김영은
제작이사 · 공병한
인 쇄 · 두리터

등 록 · 1999년 5월 3일
(제321-3210002510019990000063호)

1판 1쇄 발행 · 2022년 11월 20일

주소 · 서울특별시 서초구 남부순환로 364길 8-15 동일빌딩 2층
대표전화 · 02-586-0477
팩시밀리 · 0303-0942-0478

홈페이지 · www.chungeobook.com
E-mail · ppi20@hanmail.net
ISBN · 979-11-6855-090-2(03810)

본 도서는 2022년도 부산광역시, 부산문화재단
〈부산문화예술육성지원사업〉으로 지원을 받았습니다.

서문序文

R. 타고르가 쓴 동양 최초의 노벨문학상(1913년)수상작인『기탄잘리』는 그 자신이 내세를 관조한 예언의 서사시이며, 핵심이 되는 주제는 인류 구원의 등불인 '동방의 빛'이다.

무사의 노래

"…무사武士가 스승의 객실에서 처음 나왔을 때 머리 위로 함빡 화살 세례를 받았나이다." (R. 타고르 〈기탄잘리82〉에서)

무사武士가 돌아왔다
옛날의 그 길 찾아
무수한 화살 떼를 온몸에 받으면서
옛날에
걷던 그 길을
다시 물어 찾아왔다

뜬세상 저문 날에 갈 길 몰라 헤매 도는
뭇 생명 지친 몸을 잠 깨워 길 알리러
지천에
널린 아픔을
노래*로 다스리며

마지막 가는 이 길
무엇이 두려운가
몸과 마음 다 쏟아서 거뜬히 헤쳐가리
올곧게
이 산과 강을
평화롭게 하리니

*노래: R.타고르의 시 『기탄잘리』의 주제가 되는 인간구제 활동의 핵심인 신악(神樂), 『기탄잘리』에는 '노래(神樂)'라는 말이 50여 회 나온다.

체르노빌의 원전 사고(1986)는 소비에트연방의 붕괴를 가져온 원인이 되었고, 소비에트연방의 붕괴(1991)는 서구 몰락의 시작이 되었다고 한다.

언제 끝날 줄 모르는 코로나19 팬데믹이나 계속되는 전란戰亂의 참상은 지구촌을 침몰 직전으로 몰고 가, 인류의 종말을 예단할 정도로 지금 인류는 한 치 앞도 볼 수 없는 질곡의 아픔 속에 몸부림치고 있다. 그러나, 아무리 희생이 크더라도 포스트코로나 시대는 반드시 올 것이며, 새로운 인류 문화의 지평을 열어 절망에 빠진 인류를 구원할 것이다.

『기탄잘리』 첫 수首부터 '혼魂의 불사不死'와 죽음을 '영혼의 여행'이라고 노래한 R. 타고르는 일찍이 그 자신이 꿈에서 쓴 신비적인 시라고 하는 그 작품에서 그는 코리아에서 환생하여[1] 그가 구원할 새로운 문명인 '동방의 빛(초롱불[2])'을 노래할 것이라 했다. 『기탄잘리』의 주인공인 '임'은 예시적인 시라고 하는 이육사의 〈광야廣野〉에 나오는 '백마 타고 오는 초인超人'을 말하며, 이 두 인물은 동일인물로서, 또한 분명한 것은 우리나라에서 현재 살고 있는 실존인물이다.

'임'은 곧 '초인'이며, '백마'는 『기탄잘리』의 다른 주인공인 '이몸'을 말한다.

온 겨레가 오랫동안 기다려 온 이 위대한 민족시인은 시의 모든 뜻이 궁극적으로 지향하는 한 사람의 시인[3]이다.

이것을 증명할 수 있는 구체적인 사실은 『기탄잘리』(첫 수首부터 마지막 100여 수首까지)의 서사시 전체를 통틀어, 서사나 진술로 된 내용은 모두 다 구체적으로 증거를 들어 밝힐 수 있다. 한 예로 이 시의 첫 수首인 〈기탄잘리1〉의 주된 내용은 두 사람이 교사로 같은 학교에 처음(1974. 3. 2.)부임하여 만나는 장면으로, 이 시의 "이루 형용할 수 없

는 말"이란, 주인공인 두 사람이 동료로서, 시 본문 속의
내용과 같이 가면을 쓰고 (〈원정園丁79〉, 종교와 처지를 서로 감
췄음)만난, 6개월이 지난 여름방학 때, '이몸'이 '임'으로부
터 받은 짧은 편지를 네댓 명의 대학 동기들 앞에서 외는
장면이다.

주인공인 임과 이몸은 2학기 개학과 동시에 특별한 두
사람만의 일(〈기탄잘리9〉)로, 교무실 전체가 울음바다가 된
(1974. 8. 29)그 순간, 생리적으로 ("한순간 번갯불이 휘번득이
어…"〈기탄잘리27〉, "이 몸과 사지가 떨려…"〈기탄잘리93〉, "임의 생
명의 촉감이 이 몸의 온 사지에 느껴오기 때문에…"〈기탄잘리4〉, 두 사
람이 그림자처럼 묶여 한몸처럼 움직이면서도 늙어 '행복의 순간(서로
얼굴을 마주 볼 수 있게 되는 날)'〈기탄잘리44〉까지, 평생 서로
얼굴을 마주할 수 없는 운명의 관계로 바뀌어지는데, 이
이적異蹟⁴⁾이 바로 이 시가 예언이 실현되는 사실임을 증명
하는 바탕이 된다.

그간 곡절이 많이 있어 두 사람만이 아는 이 사실을 극
비에 붙여 죽을 때까지 가지고 가겠다고 마음 먹어, 평생
을 각기 다른 삶의 길로 걸어왔으나 (본문 속에서는 다른 등장
인물인, "죽음을 남겨 놓은… 이몸의 벗(남편, death for my compe-
nion)"〈기탄잘리52〉과 "외투로 등불을 가린… 아가씨 (그
녀, her, Maiden))"〈기탄잘리61〉라는 표현을 통하여 그 사
실을 쉽게 짐작할 수 있게 함), 40여 년이 지난 오늘에야
부끄러움을 무릅쓰고, 비로소 세상에 공개할 수밖에 없는

데는 그동안 말 못 할 만한 이유가 있었다(늦었지만, 지금이라도 빨리 세상에 공개하라는 내면의 소리(다이몬 diamon)에, 용기를 내어 밝히게 됨).

비록 작품이 지닌 멋이나 여운이 다소 떨어지더라도 한낮의 때 묵은 노래가 아닌, 인류를 구제할 메시지[5]가 들어 있으며, 절체절명의 위기의 시대에 처한 인류 구원의 새로운 지평을 열어줄 지름길이 무엇인가를, 연이어 발간될 평론집 『문사철文史哲』[6]에서 구체적인 사실과 내용의 확인을 통하여 세상을 깜짝 놀라게 할 것이라 믿는다. 일독을 권한다.

....

1) 타고르의 시 〈원정園丁38〉과 〈기탄잘리48〉의 첫 행에, 전생에 써 둔 서사시와 그 서사시인 『기탄잘리』의 무대는 '고요한 아침의 바다(나라, 朝鮮)'라는 말이 나온다.

2) 타고르가 보내온 '동방의 빛'은 1929년 4월 2일 자 동아일보에 "뉴에덴시티 프로젝트(지상극락)"라는 그 자세한 해설과 함께, 처음 발표되었는데, 그 뒤 『기탄잘리』 전체의 주제에 해당하는 〈기탄잘리35〉의 머리에 그것을 붙이고, 맨 끝부분 '조국'을 '코리아'로 바꾸어 '동방의 빛'이라는 3연 16행으로 된 단시의 이름으로, 침몰 직전의 지구촌을 구원할 새로운 '동방의 사상'이라는 것을 강조하여 여러 차례 발표되었음. 이 『기탄잘리』의 핵심이 되는 사상의 객관적 등가물인 '초롱불'은 인류의 마지막 종교라고 하는, 신악神樂(노래)과 신무神舞(춤)를 통한 종교적인 구제 활동을 말함

3)〈기탄잘리72〉의 내용

4)두 사람이 서로 마주 얼굴을 볼 수 없게 된 이 기상천외의 이적異
蹟은 〈기탄잘리4〉와 같이, 서로 보거나 생각만 해도 전기가 오듯
이 두 사람 다, "임의 생명의 촉감이 이 몸의 온 사지에 느껴오기
때문…"이다.

교무실 전체가 울음바다가 된 그날(1974. 8. 29.), 본인은 쉬는 시간(수
업 중 휴식시간)인 15분 동안에 시집 약 5페이지에 가까운 분량의 〈초
롱불〉("우리 마을에는 다섯 개의 고운 산봉우리가 있습니다. 가엾게도 둘은 떨어
져 나갔습니다. 비가 억수같이 오는 날 아침 어머니는 부엌에서 또 하나의 눈물을
흘렸습니다."로 시작되는)이라는 장시(산문시)를 자동기술로 써서 뒷날,
첫시집『토끼의 발톱에 이는 구름』('95. 6.)에 발표했음.

5)로마의 문학평론가인 롱기루스가 그의 시론에서 한 말.

6)본인이 발간 중인 평론집의 이름, 퇴계학부산연구원 시민문화
강좌(2019. 3. 29.)의 강의 내용인 '동방의 등불과 유불선儒佛仙'에
서 다룸, 이 내용이 시민문화 강좌 총서17『한국의 전통 문화와 현
대』에 수록됨.

*본문에 인용한 텍스트인『기탄잘리』본문은 1996년 9월 10일, ㈜
을유문화사에서 발간한 시집(유 영 옮김)으로 했음.

*군말: 석학 토인비가『역사의 연구』마지막 권에 말한 "신이 육신
화된 인간으로 나타난… 인류의 마지막 종교"라고 하는,『기탄잘
리』본문 속에 40여 회나 등장하는 '불빛(초롱불로, 神樂과 神舞가 중
심)'은 사람들로부터 특별한 멸시와 비웃음(본문 속에서 7회 나옴)을 많
이 받는 종교로, 이는 동양의 전통적인 유불선 3교 회통으로 된 일
본에서 처음 생긴 천리교天理敎를 말한다. 본문에도 나오듯이 이
는 '인간의 계산(눈에 보이는 사실事實)'과 '신의 계산(눈에 보이지 않은 진
리眞理)'이 서로 다른 데서 온 까닭이며, 본문 속에서 "특별히 이름
난 이들도 많았다."(기탄잘리49)고 한 것을 구체적으로 몇을 들어보

면, 이웃 나라에서는 사후에 그림자가 나타난 이적異蹟을 보인(그 자리에 동상을 세웠음). 아이마찌 세끼네 회장, 일본 최연소 중의원에서 평생 37개 방송국 전담 인성교육 활동을 한 오노 사스치, 일본 수상이었던 가이후, 주리主理 주기론主氣論으로 조선 유학의 체계을 세운 경성제대와 천리대 교수를 지낸 다카하시, 우리나라 사람으로도 신소설 작가인 이인직이나 천리대 교수였던 국문학자 김사엽 박사 등을 들 수 있다.

차례

3부 오도송悟道頌 빛의 떨기로

4부 걸어가는 자동인형

5부 역사의 격랑激浪 속에서

6부 한양 도성都城길 순례기

부록

1부

수맥水脈의 줄을 따라

며느리 할 말 잊어

꽃이 된 사연으로

붉은 입술 다물어서 태어난 턱 주걱이

엄하신 시어머니의 뱉는 아픔 물고 있다

찻물을 끓이듯이

찻물을 끓이듯이
그렇게 살 일이다

근심도 아픔까지 모두모두 내려놓고

세상사
녹아 들어가
우러나는 이 한때

정화수

어머닌 새벽녘에
아침밥을 앉히실 제

정화수[1] 먼저 한 잔 마음 담아 올리신 후

젖은 손
거두는 재미[2]
마를 날이 없어라

1)정화수: 첫새벽 맨 먼저 샘에서 길러 신께 올리는 물

2)거두는 재미: 네 형제를 키우는 재미, 그중 가운데 둘은 쌍둥이
(twin brothers, 〈기탄잘리 58〉 참조)였음

17

탑돌이

탑 둘레 매암 돌며
푸른 기운 끌어낸다

눈 뜨고 웃자란 말
모두 걸러 모를 깎고

가운데
가장 빈자리
꽃을 피워 올린다

댓글

느낀 것 마저 풀어
이어가는 꼬리표다
보듬어 감싸 안을 여유로운 잠도 깨어

출구를 다 열어 놓고 관전하는 즐거움

작달막한 상처 또한
너그러이 받아 안고
치달아 오는 통증 이겨 녹인 여유 앞에

검은 선 안경 밑으로 꺼내보는 세계여

송도해상케이블카

송림松林의 작은 공원 달을 띄워 놀던 밤[1]에

소박한 '송가頌歌'에다
'울릉도'를 올려놓고[2]
대여섯 바쁜 걸음을 잠시 멈춰 비껴 선 곳

유서 깊은 출렁다리
거북 바위 위로 질러
두 줄기 레일 깔아 딴 세상을 보여주는
날개 단 문명의 신비 헤엄치는 유리벽[3]

짜릿한 전선으로
타고 오는 불길 있어
그대와 마주하던 그 눈길 거울 되어
오늘은 역사의 강을 헤엄치며 뇌는가

1)이 시의 배경은 1974년 6월 하순 어느 날 저녁, 미혼 남녀 6명의 동료 교사가 부산 송도해수욕장을 찾았다.

2)송가: "당신의 사랑을 불 붙여 놓은 풋내기의 소박한 송가頌歌〈기탄잘리49〉"로, 이는 팝송(you mean everthing to me)을 말하며, '울릉도'는 그때 부른 '송가'의 답례로 본인이 읊었던 유치환의 시 '울릉도'

3)유리벽: 시의 공간적인 무대인 부산 송도해수욕장, 40여 년 전의 작은 솔숲의 공원이 지금은 해상에 케이블카를 올려 상선벽해桑田碧海가 되었음

동방의 빛(신)[1]

소련이 나뉘어져
서구 종말 시작인데
코로나 바이러스 중국 분할 전초일까?
마지막
사람 가는 길
동방에서 온다 했지

예님의 말씀대로
세상은 하나의 집
국경도 종교마저 모두 다 없어지고
후천後天의
진리의 길[2]이
뜬금없이 오고 있다

고요한 아침 나라
황량한 벌 끝에서
새로운 문명 세계 새벽은 밝아올지
닭울음
백마 탄 초인超人[3]
불을 켜는 그대여

1)'동방의 빛'은 R.타고르가 우리나라를 예찬한 시임. 그 본문인 〈기탄잘리35〉는 『기탄잘리』의 핵심 내용(주제)임

2)진리의 길: '동방의 빛'이 처음 발표되었을 때, 덧붙인 해설 중의 뉴에덴시티(지상극락)프로젝트의 핵심이 되는 사상(1929. 4. 2. 동아일보)

3)백마 탄 초인: 이육사의 시 〈광야廣野〉에서 따옴

오이꽃

수맥水脈의 줄을 따라 긴 어둠 밟아 온 너
몇 갈래 나뉜 길섶
하늘 향한 그 촉수로
더듬어 뻗어 온 길을 먼저 알고 닿더니

마디마디 딛고 오는 얽어 짠 사다리로
짓이긴 근심 걱정 모두 털어 풀어내고
맨손의 뻗는 더듬이
꽃턱으로 앉는다

바람이 오가는 길 온몸으로 흔들다가
이웃들의 거미손도 함께 감아 아우른 뒤
채전의 수림 속으로
마감하는 한 생애

은목서

조금은 부끄럽게 가까이 갈 법이다
겉보기는 수수해도
덕지덕지 묶은 타래
층층이 모여 온 햇살 옹기종기 모여 있다

바람걸 샘을 하는
삼월 고비 다 넘기고
밀리는 물결소리 다시 한 번 덧씌어서
덩달아 함께 내달아
마중하는 새침데기

사랑은 본디부터 가슴으로 오는 거다
꽃 나비 함께 불러
강도 산도 타고 넘어
그 내음 오똑한 걸음 발자국을 찍나니

금목서

연분홍 작은 꽃술
다다닥 불을 켜고
건널목 징검다리 인간 세상 이어 붙여
삼생의 연을 모아서 뿌려 놓은 향을 본다

나란히 열을 지어 만리 길도 마다 않고
작은 키 발돋움에
구월 볕 살 부비며
바람결 실어 온 아픔 온몸 풀어 가볍다

풍성한 가지 위로 섬세하게 눈을 뜨고
두터운 육질 세워
겨드랑에 켜든 등불
타원형 마주나기 잎 환히 밝혀 춤을 춘다

며느리밥풀꽃

돋아난 치아 두 개
밥풀 되어 달려 있다
먹지는 아예 말고 눈요기나 하자는가
뜸들인 여울목에서 앙다물고 피는 꽃

먹을 게 없는 것이
어찌 보면 죄가 되어
왈칵 쏟은 눈물 속에 살 돋듯 피는 돌고
차라리 다시 태어나 꽃이 되어 보였느냐

며느리 할 말 잊어
꽃이 된 사연으로
붉은 입술 다물어서 태어난 턱 주걱이
엄하신 시어머니의 뱉는 아픔 물고 있다

수선화

아름다운 제 모습에 취하여
환생한 꽃[*]
은접시 위의 금잔
향기롭게 불을 켠다
꽃샘의 바람 속에서 때때옷 꺼내입고

치렁치렁 솟는 숲길
단신으로 빠져나와
남몰래 뽑아 올린 그 어둠 바람벽에
행여나, 누가 볼세라
자리 펴고 앉는 몸

양지뜸 볕살 골라 손 비벼 눈을 떠서
밀려온 별의 끝을
맨몸으로 끌어당겨
마침내 터뜨린 미소 부활하는 몸짓이여

*수선화: 그리스신화에 나오는 미소년, 나르시스가 죽어 환생했다
고 하는 꽃. 꽃말은 자기애, 자기도취.

묵은지

모든 걸 껴안아서
하늘 향해 가슴 편다
한 마리 벌레에도 한 줌의 바람에도
아끼던 투정도 말려 시간으로 이긴 다음

팔팔한 생을 절여
곱상해진 얼굴이다
담금질 오랜 연륜 눌러 붙은 곁가지로
불 붙인 묵은 생각을 꺼내어서 되친 나이

아삭한 색감마저
멀어져 간 기억 속에
낮추어 걷는 걸음 주름은 깊어지고
마지막 속기를 걷어 드러나는 얼굴 본다

2부

둘레길 잠 깨는 소리

벗어둔 매운 채찍

되레 아픈 핏빛인데

바람길 쓸어 담아 다시 넘는 강물 위로

고운 임 삶의 원천이 죽비 되어 내치는 날

벚꽃

청명의 맑은 날에
다시 눈 뜬 하늘 아래

더듬어 가는 길에 잡은 줄 놓지 않고

동시에
터지는 팝콘
종횡무진
탕
탕
탕

민들레

흙바람
먼지 속 길
속살 열어 눈을 뜬다

담벼락 찌든 한 틈 볕살 한 잎 걸러 낸 뒤

하늘을
머리에 이고
먼 여행길을 간다

금어동천金魚洞天[1]

금빛 나는 물고기[2]가 금샘 숲길 헤쳐 놀 제
어디서 들려오는 하늘 아래 첫 동네다
둘레길 잠 깨는 소리
마른 땅을 적시네

닭울음[3] 꿰어 차던 이 산하 살고파라
아픔의 젖는 꿈길 다독이는 바람소리
물결이 돌 결을 부벼
씻고 여문 시오리[4]

뛰어오라
잠을 깨어 황매로 눈뜬 아침
총림叢林에 쌓던 바람 모두 불러 데워 놓고
갈라친 금빛 서설로
온 누리가 복되게

1)금어동천: 5대총림의 하나인 부산금정산 범어사梵魚寺가 있는 계곡

2)물고기: 범어사 창건설화에 나오는 암상巖上 금샘에 있었다는 금어金魚

3)닭울음: 범어사 계곡의 좌청룡 격인 계명봉雞鳴峰 석계石鷄에서 들렸다는 닭의 울음 (雞鳴石鷄)

4)시오리: 범어사 일주문에서 지하철역까지 형성된 계곡의 왕복 거리

시랑대[1] 가는 길

빛과 물 꿈을 모아
얼굴 드는 이 고장에
거닐며 읊조리며 시나 쓰던 그대 이름
시랑侍郞이 품석에 앉아 더운 손을 잡아라

갈 숲의 갈맷길에
출렁이는 파도 소리
오시리아[2] 관광단지 기적소리 깔고 앉아
해룡海龍의 발자취 찾아 산을 넘어 왔더이까

하늘길 바닷길을
한눈에 열어 보며
첩첩이 쌓인 기암 틈을 엿본 석문石門 아래
부서진 추억을 이어 길은 뚫려 훤하다

1)시랑대侍郞臺: 부산광역시 기장군 '기장 8경'의 하나, 영조 때 기
장현감을 지낸 권적權樀이 이곳 바닷가 바위에 '시랑대'라 새기고
시를 지었다 함

2)오시리아: 부산광역시 기장군에 속한, 오랑리와 시랑리를 합성
한 조어

병산서원

불러들인 만대루에 얹어 펼친 팔 폭 병풍
오지랖 넓은 벌 끝
끝없이 강은 열고
흘러온 세월을 묶어 거울 되어 앞에 선다

벗어둔 매운 채찍
되레 아픈 핏빛인데
바람길 쓸어 담아 다시 넘는 강물 위로
고운 임 삶의 원천이 죽비 되어 내치는 날

인정의 각진 어둠 하나하나 풀어놓고
남겨진 숱한 사연
머리 풀어 맺던 고름
숨은 뜻 그대* 발걸음 다시 돌아보노니

*그대: 『징비록懲毖錄』을 쓴 서애 류성룡柳成龍

구룡폭포[1]에 오르며 1

시퍼런 칼날 딛고
끝을 타며 오더이까
살얼음 진눈깨비 다닥다닥 불을 켜고
외줄기 푸른 철계단 끊다 잇다 되넘더니

고공의 난간 위로 타고 오는 진한 내음
송연해진 뒷등에는 땀이 흘러 흥건하다
산 아래 발끝에 얹혀
곡예하는 산봉우리

부서진 천 년에도
적막은 산속인데
강산을 다시 기워 하늘 끝에 매어 달고
몇 겁劫을 전화轉化한 물[2]이
금강金剛으로 살아날까

---

1)구룡폭포九龍瀑布: 내금강 구룡연으로 떨어지는 높이 74m의 폭포

2)전화轉化한 물: 조운의 '구룡폭포'에서 따옴

구룡폭포에 오르며 2

비장의 운기 받아
설레는 선경 앞에
철계단 가풀막은 오히려 탄탄대로
흘러간 육십 성상이 한꺼번에 겹쳐진다

푸른 밤 뜬 눈으로
보채던 울 아버지
돌돌 만 그리움을 꽃길로 풀지 못해
구룡의 선계 앞에서 면벽승面壁僧이 되었는데

풀어 본 단장斷腸으로
갈기갈기 뜯긴 편지
꽂히는 칼날 되어 꽃 너울로 흩날릴 제
하강한 선녀들의 옷 보란듯이 나부낀다

개비릿길[*]

두물머리 벼랑으로 어미 개 길을 간다
최후의 방어선을
사수하던 생명의 끈

적토마 내닿았다는
홍의장군紅衣將軍도 예서 뵙네

소리가 소리 만나 장면 또한 바뀌었나
물굽이 쩌렁 쩌렁
다시 잠 깬 한 물 위로
뒤돌아 허리띠 매고 지켜 나온 이 강토

한 미생 끈을 잡고 호곡하는 지축 위로
오늘은 격정의 날
눈이 부신 물결인데
가람은 옥물을 풀어 옛 얘기 들려 주네

*개비릿길: 창녕 남지의 낙동강 변 벼랑길. 6·25 때 국군의 최후 방어선이며, 임란 땐 곽재우 장군의 활약이 뚜렷했던 곳이다. 또한, 예부터 '누렁이의 모정' 전설이 있는 곳. 이웃 마을로 시집간 딸에게 몸이 약한 강아지 한 마리를 분양했던 바, 밤마다 집을 나간 어미 개가 어린 새끼에게 젖을 물리고 새벽이면 되돌아왔다던 애뜻한 이야기가 전하는 길임.

벼랑이 위치한 마분산馬墳山(180m)은 전사한 의병과 말의 무덤이 있는데, 곽재우 장군이 애마에다 벌통을 달아 적진에 뛰어들어 대승을 거뒀으나 말은 죽어, 의병의 시신과 말을 수습해 정상에다 묻었다고 전한다.

시오리 소리길

소리길[1] 치달으면 닫는 만큼 덮여오는
물과 바람 새의 소리 벌레울음 메아리로
온몸이 둥둥 떠 간다
심장에는 고동소리

반짝이는 물상들의 고운 향기 다불 위로
감칠나는 비경마저
별유천지 비인간別有天地非人間[2]에
음표의 발자국 내려 뚝뚝 떨어 찍는 낙관

소리로 시작하여 소리로 길을 여는
풍경은 그림인데 시가 되어 떨어지고
꽃향기 함께 실리어
합창하는 심포니

1)소리길: 해인사 입구에서 본당 앞까지 계곡의 시오리

2)별유천지 비인간: '도원경桃源境'을 달리 표현한 말로 이백李白의
시에서 인용함

대가야 고령

어깨 겯고 나란히 한
고분들을 바라보면
흘린 피 흥건함의 애잔함이 서려 있어
발걸음 떼이지 않아 울먹이는 가슴이여

지피던 철광석의
풀무질한 바람이며
미어터진 열두 폭의 흐드러진 금琴의 소리
깨어진 기와 조각에 쏟아놓은 그 솜씨

문 열고 넓혀나간
우뚝 선 길을 쫓아
무진장茂鎭長* 남원 땅에 저 머언 바다까지
별자리 길을 따라서 얼려 펴던 너름새

*무진장: 대가야大伽倻의 땅이었던 호남의 무주茂朱 진안鎭安 장
수長水를 말함

청류淸流타기[1]

물 내린 이 고장을 얽어매는 줄을 건다
느긋한 마음 실어 세월 동동 띄어놓고
격랑의
해협을 돌아
몸을 얹던 신간센

그 옛날 화적떼다
붙잡혀 끌려와서
할아범 뼈를 묻어 도예촌을 벌여 놓고
한국산[2]
정상에 올라
눈물짓던 내 고향

사공은 삿대 들고 빡빡 기며 길을 끄네
물 반 고기 반의 그 계곡 거슬러서
신난다
눈물을 찍어
뒤집어 본 족발의 강

1)청류타기: 래프팅(Rafting)의 일종으로 계곡의 흐르는 맑은 물 위에 7~8명이 한 조가 되어 소형의 목선을 타고 즐기는 놀이, 일본 규수 남단에 신간센이 처음 개통되었던 2003년, 일본에 초청받아 2박 3일 간 체험을 했던 한 과정이었음.

2)한국산: 일본 규수 가고시마현 심수관沈壽官 도자기 공방(사쓰미야키)은 400여 년 전 정유재란 때 일본으로 끌려온 조선 도공(남원의 심당길)의 후예임.

도예촌에서 볼 수 있는 건너편의 한국산韓國岳(가라쿠니다케)은 고대 한국에서 일본으로 건너갔던 이나 도자기를 굽던 후예들이 당시 명절이 되면 정상에 올라 고향을 바라다보며 조상에게 제사를 지냈다고 함.

카타콤(Catacomb)[*]

묻어둔 속엣말을
내뱉아 다스리는
우리는 오랜 어둠 별을 먹고 귀가했다
비밀의 통로를 따라 하늘 문을 열어 보고

아직은 귀가 멀어 돌아볼 게 너무 많아
집 떠나 들어 온 길
온갖 걱정 접어 두고
볕 반쪽 금 그어 놓고 온몸으로 우는구나

토실 속이 너무 밝아
손목 쥐고 마주 보는
조상님 하느님도 함께 넘는 이 마을로
성인聖人의 기도 소리에
날 새는 줄 모른다

*카타콤(Catacomb): 로마나 파리 근교에 많이 볼 수 있는 초기 기독
교인들이 만든 지하묘지이다. 로마 제국의 박해를 피한 피신처의
역할을 하기도 했으며 예배의 장소로 이용되기도 했다.

3부

오도송悟道頌 빛의 떨기로

덤으로 묶지 말고

울퉁불퉁 앉혀볼까

여보게 손 맞잡고 세상일을 더듬어서

한 뼘씩 금 그어가며 더디 살면 어쩌리

대추

부드러운
등의 살을
바람이 매만지다

아픔의 씨를 깨워 바다를 읽어 낸 뒤

가을날
남은 볕살로
다독이는 이 한때

소천召天*

소천召天은 화살표다
거리를 단축하는

예쁘게 얼굴 드는 저 하늘 구름이다

보아라
왔다 가는 길

‥ 옷을 바꿔 입으려나

*소천召天: 하늘의 부름, 곧 죽음을 통한 영혼의 여행, 환생還生을
뜻함.

소크라테스는 제자들에게 독배를 들기 직전에 이를 구체적으로 풀
어서 들려준다(파이돈).

"죽으면 똑같이 미지의 것이 일찍이 알려진 바나 다름없이 나타나
리라."(기탄잘리 92)

걷기

다리로 걷다가도 온몸으로 걸어간다
보이는 물상 속을
마음으로 느끼면서
더불어 삶의 계단을 한 단 한 단 딛고 간다

꽃 속에 바람 속에 나비처럼 날다가도
흐르는 강물 따라
삶의 궤적 씻어보며
덩달아 날려 본 시간 하늘 속을 헤쳐 간다

반 고흐를 읽으며[*]

캄캄한 어둠에도 빛나는 삶의 진실
램프 불빛 떠올려 본
억척스런 모습들이
녹아 든 따뜻함으로 희망을 먹고 산다
—감자를 먹는 사람들—

빛으로 그려 내민 열정의 그대 모습
노란 집 부푼 꿈길
기다리는 얼굴 있어
불 밝힌 심연의 태양 꺼내들고 걸어간다
—해바라기—

쏟아 낸 푸른 점선
은하의 물결 속에
묻힌 어둠 끌어내어 맞닿은 하늘 아래
빛나는 밤의 별들로 부활하는 몸짓이여
—별이 빛나는 밤에—

*빈 센트 반 고흐가 동생 테오에게 보낸 668통의 편지를 묶은 책(서
간문집)에 나오는 작품 셋

아, 황학대黃鶴臺[*]

섬인가
우뚝 솟은
야트막한 언덕 아래
퍼런 물 밀려들어 싸고도는 한 폭 그림
한 떼기 전지全紙를 펼쳐 바다를 덮고 선다

전장의 파도소리
진동하는 비린내로
뭉개고 헐어내고 파헤쳐서 길을 내던
해안선 외로이 뜬다
목을 빼든 안내판

상처가 풍경이 된
드나듦의 여울목에
날개 잘린 안타까움 깔고 앉은 옛 성터에
윤고산尹孤山 아픈 하루가 물빛 되어 번져 간다

*황학대: 부산광역시 기장군 기장읍 죽성포구에 위치한 고산의 유
배지(6년간)

52

가을 백두대간白頭大幹

좁은 목 병풍 둘러 펼쳐 놓은 바다 본다
황록의 물결 얹어
흘러 넘친 파도소리
타는 불 대간大幹을 따라 나눠 갖는 그 기쁨

하늘 꽃밭 세 평 네 평
사이좋게 차린 밥상
올곧게 솟구쳐서 예쁜 얼굴 바위 틈에
바람도 소리를 얹어 비경 한 폭 더하는데

강 줄기 계곡 스쳐 고개 고개 넘나들다
덧셈에 곱셈 더해
가슴 또한 물이 든다
고운 임 천하 미인도 한꺼번에 뛰어 오네

백제금동대향로*

가만히 들여보면 온 몸이 떨려온다
너울너울 날아갈 듯 파고 높은 하늘 위로
춤사위
펼치는 양樣을
누가 감히 풀어낼까

문을 연 연화계蓮華界의 뿜어내는 향을 따라
만상은 더불어서 하나 되는 길을 내고
사유의
깎아 세운 탑
현란하다 그 선미禪味

빛과 그늘 감고 도는 계곡을 거슬러 와
펴다가 오므리다 용트림 하고 서서
숨 쉬는
생명의 소리
온 누리에 가득하다

*백제금동대향로百濟金銅大香爐: 국보 제287호, 충남 부여박물관
에 보존되어 있음

백자白磁 달항아리[*]

행복의 둥근 얼굴 너를 안고 돌아간다
대보름 밝은 달로
속 채우는 울 어머니
이 세상 가장 따뜻한 한순간을 여기 본다

가슴을 되비추는 또 하나 거울 되어
이 세상 더는 없는
신비로운 영험으로
당신은 나를 다듬어 그려 넣는 그 자리

약간은 어리숙한 숫기 없는 모습으로
볼수록 빼닮고자
눈을 씻는 삶의 도정
먼 하늘 훤히 떠올린 달이 되라 하시네

[*]달항아리: 영국 엘리자베스여왕이 "이 세상에서 가장 아름다운
그릇이다."고 극찬한 국보 309호, 조선 시대 백자白磁

초병哨兵

암호暗號도 얼어붙은 최전방 고지高地 위에
칼바람 외줄 타기
철조망도 바빠하는
꺾임새 계급장 또한 별빛으로 반짝인다

잊혀진 기억 속에 잠을 청한 청운의 꿈
살아서 뇔 수 없는
닿지 않는 곳[1]일 망정
뒹구는 젊은 뼈들이 불꽃으로 타고 있다

맛 들인 짬밥[2] 속에 손때 두둑 묻혀 놓고
동에서 서로 번쩍
총구 또한 바꿔 달며
끊어진 시간 그 너머 메아리 된 고향예배[3]

1)곳(군말): 지상의 보도에 의하면, 6·25 때 빼앗긴 사단기를 되찾기 위하여 악천고투 전투 훈련에 여념이 없었던 27사단이 지난해 말 갑자기 없어졌다 한다. 그곳은 70년대 초 내가 3년 10일 동안 사병으로 근무한 곳이다.

2)짬밥 맛: 사병 생활에 있어서의 밥그릇 수

3)고향 예배: 일선에서의 기상起床 점호 시간 복창구호, "고향을 향하여 경례!"

성지곡聖知谷[*]

촉촉이 적신 어둠
호우好雨로 숨을 쉰다
얼붙은 가슴마다 지피던 삶의 불길
땅의 끝 깊은 심연을 풀어내는 말씀이여

냉천冷泉의 시원한 물
깔고 앉던 그 등걸로
오늘은 편백 수림 가로질러 벼랑인데
오솔길 머문 발자국 잡아 끄는 명상의 뜰

더디게 씻고 여문
옥천玉泉의 갈맷길로
겨레의 심장 속에 솟구치는 물길 되어
지관地官은 철장鐵杖을 꽂아 이름 내건
성지곡聖知谷

*성지곡聖知谷: 한국의 100대 명수名水인 부산 백양산 계곡의 어린
이대공원이 자리한 수원지, 성지聖知라는 지관이 이곳에 철장을 꽂
았다고 하여 붙여진 이름.

약 3만여 평의 편백 나무숲과 수많은 약수터, 수변지 주변의 경관
등이 일품이다.

인공지능(AI)*

직선을 우선하여
좋아하는 눈 먼 시간
매사에 손 안 쥐고 빨리 빨리 풀어내는
그대의 고정된 시선 차라리 아찔하다

자로 잰 그 손놀림
무한값을 입력하여
자율주행 서빙로봇 척척박사 모둠발로
세상을 더블로 묶어 값을 매겨 엮어간다

덤으로 묶지 말고
울퉁불퉁 앉혀볼까
여보게 손 맞잡고 세상일을 더듬어서
한 뼘씩 금 그어가며 더디 살면 어쩌리

*AI는 artificial intelligence의 약자, AI는 4차 산업혁명의 핵심
으로 인간의 학습, 추론, 지각, 자연언어의 이해 능력 등을 컴퓨터
프로그램으로 실현한 기술

반야 일각般若一覺

서운암[1]
시조사랑
가는 길이 따로 없다
연분홍 꽃잎 속에 소리 없이 오다가도
법왕신法王身
하나가 되어
가득 차는 임의 모습

풀 나무 가지마다
그 향기 묻어와서
온 산이 불이 붙어 그 둘레가 훤하다가
오도송悟道頌
빛의 떨기로
열고 앉은 달 그리메

엊그제 오던 봄이
오늘은 추색秋色인데
백납白衲의 손때 묻은 그 말씀을 올려놓고
청한淸閑의
일미一味[2] 속으로
빠져드는 즐거움

1)서운암瑞雲庵: 양산 통도사에 딸린 암자, 해마다 시조세미나, 성
파시조문학상 수상식 등 시조 축제가 이곳에서 열린다.

2)청한일미淸閑一味: 고려말 나옹선사의 선시구禪詩句. '청한일미
최단연淸閑一味最端然'에서 따온 말

4부

걸어가는 자동인형

삶이나 죽음 또한

선택 없는 사슬이다

고칠 수 없는 변통 목숨 또한 마다 않고

뉘우침 한 점 없어라 무관심과 하나 되어

개나리

종
종
종
병아리 떼
줄을 이어 원족遠足 간다

산과 들 둔덕마다
발맞춰 몰려나와

퍼질러
보물을 찾아
입에 물고 달려오네

한 컵의 물[*]

가슴에 점을 찍는 가벼워진 식단 위로

그대 목을 축일레나
올려놓은 한 컵의 물

향기론
추억이 되어

연緣을 이어 왔구려

*한 컵의 물: 임에게 올린 한 컵의 물('74년 7월 초), "임의 목을 축일
까 임께 물을 올리게 된 추억(기탄잘리 54)"

마하트마[1] 간디

불 붙은 검은 대륙[2]
인도양을 건너뛰어
우뚝한 키를 보태 굽어보는 세상 지도
위대한 혼의 크기로 새겨 놓은 역사여

지원한 전쟁[3]이나
자신과의 싸움에서
파헤쳐 본 진리의 산 아힘사[4]로 물이 든다
불가촉 천민[5]을 깨워 그려 보는 그대의 힘[6]

금욕에 단식으로
온갖 설움 묻어 두고
돕는 일 가지 늘려 일렬一列 형제 손 맞잡아
환생의 거듭나는 길 함께 얼려 아름답다

1)'마하트마'는 '위대한 영혼'이라는 뜻

2)검은 대륙: 여기서는 남아프리카, 인도인의 집단거류지를 말함

3)전쟁: 보어전쟁, 간디가 위생병으로 영국 편에 서서 참전함

4)아힘사(Ahimsa): 비폭력주의, 불상해不傷害, 간디의 사상과 실천의 핵심 개념

5)천민: 곁에 있지도 못하게 하는 차별을 당한 최하층의 백성(힌두교에서 말하는 신분 중 가장 낮음)

6)그대의 힘: 사티아그리하(Satyagraha), 진리 파지把持 운동

소크라테스

투명의 외침으로
가는 길이 뚫려 있다
깨달아 얼굴 드니 죽은 자가 살아나고
잠자던 영혼의 집에 활짝 여는 문의 소리

맨발로 걸어 나가
잠의 자리 따로 없다
소유의 문을 닫고 먹을 것도 별반 없어
얼굴도 괴죄죄하게 말라빠진 늙은이

선과 악을 이어주는
사랑의 중간자로
이어 온 진리의 길 몸을 낮춰 보여주며
오도된 역사의 길목 바로 잡는 덕의 걸음

영혼을 찾아 나선
산파産婆로 다시 와서
불사不死의 길의 주인 함께 나와 손 맞잡고
완성된 그림 속으로 걸어가는 그대여

파이돈[1]

인간의 묵은 기억
끌어낸 백지 위로
떠 올려 보인 그림 날개 달고 팔려 간다
더불어 띠로 묶어서 얼굴이 된 그대여

모눈종이 빼곡 채운
역사의 막을 펼쳐
접어둔 세상 넘어 새론 꽃이 피어난다
아련한 삶의 궤적을 다시 둘러 찾는 길

하데스[2] 자로 재는
자리를 비껴 나와
인간의 겉과 속을 한 곳에 묶어 놓아
저울로 무게를 재어 실어보는 역사여

1)파이돈: 플라톤이 쓴, 소크라테스의 죽음 직전 시미아스, 케베스, 파이돈 등과 함께 죽음과 영혼의 불사不死, 환생 등에 대해 논의한 글

2)하데스(Hades): 그리스신화에 나오는 죽은 자들의 신, 저승의 지배자

오랑*의 거리

계절도 돌아누운 황금빛 먼지에다
무감각 안개 속의 인적 끊긴 번화가다
우울한 검은 그림자
지붕마다 덮고 선다

가는 길 찾지 못해 절규하는 메아리로
건너뛰는 바람 속에 신음은 깊어지고
소문은 날개를 달아
불이 붙어 번져가네

감방이 되는 울 안 파도로 덮인 도시
염색된 한 빛깔 위로 다시 피는 검은 꽃잎
언제쯤 자유를 얻어
이 거리는 숨을 쉴까

*오랑: 카뮈의 소설 「페스트」에 나오는 사건의 무대, 1947년(소설이
발표된 해)북알제리의 작은 항구도시

다시 읽는 이방인 L'Etranger
—알베르 카뮈에게

무욕의 창을 보며
얼굴 부벼 그린 그림
아프다, 무의식의 사슬 끊는 총알 다섯
따가운 햇볕으로 하여 증언하는 뫼르스

물 속에 바람 속에
사람들은 떠서 간다
"더러워, 비둘기들 컴컴한 안뜰들과…"*
창백한 도시의 얼굴 자동인형 걸어간다

삶이나 죽음 또한
선택 없는 사슬이다
고칠 수 없는 변통 목숨 또한 마다 않고
뉘우침 한 점 없어라 무관심과 하나 되어

*주인공인 뫼르스가 그의 애인 마리에게 들려준 도시 '파리'의 인상

변신變身, Die Verwandlung[*]
—카프카에게

그대 이름으로 활을 쏘는 고발장에
물이 든 한 마리 갑충 문틈에 끼여 있다
희망도 미련도 없이 끌려 나온 고독의 방

물목에 엊혀 나온 삼각형 구도 되어
욕망은 떼를 써서 얽어매는 관계인데
능청 뜬 무언극으로 이쯤해서 접어볼까

부챗살 빗금으로 현란한 말의 그물
햇살은 그 얼마나 잡아끌다 지나가나
눈 밝힐 출구를 찾아 증언하는 몸부림

*변신變身: 그레고르가 한 마리 갑충으로 변신한 후 일어나는 일련
의 사건으로, 인간 실존의 한계를 밝힌 카프카의 소설.

프랑켄슈타인[1]

알파고[2] 잘난 이들 센돌도 넘어졌다
믿을 게 너뿐인가
너도나도 퍼스트 무버[3]
끝없이 치닫는 무법 죄어오는 목숨이여

세상은 가도가도 빠져나갈 틈이 없다
천天의 뜻 널려 있는 빛과 어둠 그 사이로
괴물이 활개친 거리
널브러진 울음 보라

사랑보다 더 큰 힘 어디에도 없다는데
내 잘난 과신으로 몸부림을 치는 오늘
난장판 세상을 씻어
다시 세울 뜻을 펴라

1)프랑켄슈타인: 영국의 여류 천재작가인 메리 셸리(1797~1851)가
1818년에 발표한 공포 과학소설. 그가 창조한 괴물을 통해, 과학
이 한계를 넘어 결국 그 과학을 낳은 인간을 파멸시킬지도 모른다
는 메시지를 남김

2)알파고: 이세돌과 바둑 대결을 한 인공지능(AL)알파고

3)퍼스트 무버(First Mover): 새로운 분야를 개척하는 사람이나 기
업을 뜻하는 말

고운 최치원崔致遠

봄바람 손 맞잡는
그 기슭 바닷가에
거친 들 풀꽃 내음 날려 보낸 외론 구름
청운靑雲의
큰 뜻을 품어
만리타향 낯이 익다

금방金榜[1]에 턱을 넘어
받은 정 넘쳐나고
황소黃巢[2]는 침상에서 놀라 굴러 떨어질 제
아직도
오지 않는 길
고향하늘 손에 쥔다

청송靑松[3]에 비낀 홍엽紅葉
광분하는 돌들 사이
차라리 호중천壺中天[4]에 소리로 성城을 쌓고
불원不遠의
거리 밖으로
몸을 사려 감춘 임

1)금방金榜: 당나라에서의 과거 장원급제를 말함

2)황소黃巢: 당나라 말 전란(황소의 난)을 일으킨 인물 '토황소격討
黃巢檄'은 고운의 대표작임, 격문을 읽은 황소는 침상에서 놀라 떨
어졌다고 함

3)청송靑松, 홍엽紅葉: 신라말 신라를 홍엽, 후고구려, 후백제를 청
송에 비유한 말

4)호중천壺中天: 최치원의 시 '호중천壺中天 별유천지別有天地'에서
따옴

명량鳴梁[1] 바다를 보며

해랑길 가풀막을 홀로 넘는 이가 있다
칠흑의 어둠 속에 꺾여버린 산과 바다
물 우는 명량鳴梁을 보며
달래보던 그날 밤

회전하는 물의 그물 그 소리를 들어보라
세일링 욱 세일링 욱
씻어 닦고 메워치는
우수영右水營 울돌목이여 길을 틔던 손의 마디

회오리 물기둥 속
불 화살이 튀는구나
닫힌 문 끊어내고 직관으로 넘는 고개
뛰는 배 13척으로 300여 척 게 섰거라[2]

정유재란丁酉再亂 '97년을 혼자 씻은 맨몸으로
그 물살 내건 총통銃筒[3]
돌려세운 대엿 시간
끊어진 역사의 끈을 다시 쥐어 길을 잇네

1)명량鳴梁: 울돌목

2)실제 명량해전에 참전한 왜선은 133척으로, 그중 절반이 침몰 또
는 파손되어 전투선으로 기능이 상실되었음

3)총통銃筒: 우리 수군의 주력이 된 화포

고려동학高麗洞壑¹⁾

돌은 돌이라도 뜻이 깊은 돌을 본다
산 첩첩 깊은 골에 가는 이 붙잡아서 천 년의 오랜 역사
아련한 길목으로 혼이 되고 얼굴 되어 밝혀 놓은 표적으
로 올곧은 사람의 길 몸으로 보여주던
자미화紫微花²⁾ 물결 이루어 새겨 놓은 거룩한 돌

고려인 숨결 따라 걸음 또한 되짚어서
두문동杜門洞 어진 선비(三嘉)³⁾
이 고을로 밖에 나와
떨어진 해를 보듬고 가슴 쓸어 담아내던

한 겨레 불사이군不事二君 그 정신 알리려나
활짝 핀 그 둘레로
담은 점점 높아가고
의기義氣의 억센 사나이 숨 고르며 닿던 마음

여는 날 그 뜨락에 세세년년世世年年 이어 피어
다함없는 자손들의 핏줄기로 모여 들어 계레의 곧은 절
의節義 아픔 삭혀 녹여내고 대명천지 하늘 아래 깃발 걸어
보였거늘 의로운 이 본길 되어 변함없이 걸을레라
마소서 세상 사람들 그냥 스쳐 갈 것이랴

1)고려동학高麗洞壑: 여말麗末 충신 두문동 72현의 한 분이었던 재령이씨 이오茅隱공은 끝까지 고려의 유민임을 나타내기 위해 자미화가 피어 있던, 은거지 주변에 담을 쌓아 밖은 조선의 영토라 할지라도 안은 고려 유민의 거주지임을 명시하기 위해 표비를 세웠는데, 이를 '고려동학高麗洞壑'이라 한다. 흔히 '고려동유적지'라고 부르는 경남 함안군 산내면 모곡리의 마을 입구에 서 있다. 모곡은 '담안'(장내牆內)를 뜻한다. 그는 세상을 뜰 때까지 조선에 벼슬하지 않았으며, 조선시대에 와서 태어난 손자 대에 와서 비로소 과거의 응시하게 했다. 그분은 본인의 19대 조부다.

2)자미화: 충절의 꽃, 배롱나무꽃을 말함. 재령이씨의 재실이나 문중이 있는 마을에는 지금도 자미화가 많다 그래서 흔히 백날을 계속하여 이어 피는 자미화를 충절의 꽃, 재령이씨의 꽃이라고도 한다.

3)삼가三嘉: 여말麗末 두문동 72현이었던, 모은 이오李午, 만은 홍재弘載, 전서趙悅 등 세 충신을 말하고, 이 세 분이 자주 모여 나라 잃은 설움을 달래던 곳이라 하여 '삼가三嘉'라는 상서로운 이름이 생겨 지금의 합천군 '삼가'가 되었다.

5부

역사의 격랑激浪 속에서

—작시법作詩法을 생각하며

야한 것 눈가림에 옷차림도 별난 것이

엄격한 시대 조류

만행卍行으로 부채질해

따끔한 일침을 더해 젖어 드는 꽃진 자리

서시序詩

언어로 집을 짓되
사원寺院이 되게 하라
사무사思無邪 그 순수의 티없는 마음으로

눈앞에 보이는 것은 모두 불러 앉혀 놓고

더러는 불꽃으로
다들 지펴 선보인 후
좋은 날 갈 길 열어 함께 가자 노래하며

눈부신 생의 기쁨을 부드럽게 펼쳐 들자

(1) 이미지즘

주변의 널려 있는 다양한 말을 골라
새로운 보법步法으로
보기 좋게 갈 바에야
차라리 그림 그리듯 그렇게 보여야지

막연한 관념이나 추상을 멀리 하고
견고한 언어의 벽
두드리고 깨뜨린 뒤
마지막 넘치는 활기 뒤집어서 불러내되

드러내어 말하거나 막연한 사설 아니
뚜렷한 선을 그어
깊이 있게 파고 들어
더러는 상징의 묘妙도 집어넣어 좀 무겁게

(2) 모더니즘

새롭고 더 새롭게
자유로이 써라 한다
무엇을 읊었는지 때로는 헷갈리게
돋보인 섹션에 따라 올려놓은 진열대다

떠올린 그림 위로
발성 연습 하려는가
덩달아 뛰어나와 얼굴 들고 야단이네
묶어 둔 공명판共鳴板 위에 번져가는 불빛까지

볶음밥 부침개로
맛을 보는 한마당에
너절한 가락 또한 감칠나게 맵고 끊어
여보게 얼굴을 들고 세상 구경 함께 하세

(3) 포스트모더니즘

정교한 손재주로
시를 써온 역사 앞에
포스트 이름 붙여 무의미한 기호까지
덩달아 뛰어나온다 모조품에 붙인 레텔

남의 것 옮겨 놓고
좋을 거라 칭찬 받는
접속이 불량이네 억지춘향 보탠 의미
여백의 그늘도 모아 불을 붙인 막판 난장

심심해 지껄이는
소리는 음악 되고
흩어놓은 넋두리에 시비 모아 장편 서사
대상을 짜깁는 기술 경계 또한 있으리오

(4) 초현실주의超現實主義[*]

허상 속의 떠돌이로
여닫이를 빚어 놓고
여기 저기 불러 모아 짜깁기로 잇는 역사
빛바랜 추억을 놓고 갖은 솜씨 본을 내네

아름다운 삶의 모습 어디서나 널려 있지
남 몰래 추구하는 광기狂氣의 거친 도로
달리는 자동차 속에 속도 또한 남 다른데

펼쳐 본 재주 끝에 타고 넘는 널뛰기로
그 기쁨 따로 있나
내갈겨 쓰는 솜씨
낮밤을 가리지 않고 신세타령 그지 없다

*초현실주의超現實主義: 1924년 경 프랑스에서 일어난 예술운동으
로 초현실적이고 비합리적인 자유로운 상상을 표현함

(5) 난해시難解詩

시대를 앞서가는 텍스트로 파헤쳐서
시는 물론 시평詩評까지
더 어려워 쩔쩔매기
불가해不可解 언어의 벽에 덫을 놓아 어지럽다

울림을 기본으로 변함없이 가지 쳐서
올곧은 정신 하나
뽑아 올려 선을 본다
존재의 어둠 속에서 풀어놓은 삶의 궤적

꿰어찬 이름 대신 패션 또한 남 다르다
숨겨 놓은 아픔일랑
남이 대신 알아줄까
깨달아 혼자 가는 길 더듬어서 높이 난다

(6) 전후의 한국시

오다가다 끼리끼리 빌붙어 흩어진다
거리의 팔고 사는
매물을 앞에 두고
흥정을 붙이려다가 돌아서는 무정 세월

전래의 가락 뽑아 지존으로 모신 앞에
이 한 몸 이름 얹어
그 영광 지니고자
드높인 영예를 걸어 걷는 길이 듬직하다

순수에 무의미無意味로
참여로 민중시民衆詩라
갖가지 유파에다 판돈 또한 내어 걸어
한 가닥 치다꺼리로 날새는 줄 모른다

(7) 참여시

센서등 곁에 가면 먼저 알고 불을 켠다
캄캄한 어둠에도
손 맞잡고 길을 트나
접히는 하늘을 두고 다시 접어 펴는 하늘

해몽한 꿈길에도 더듬던 밤은 깊어
마주한 아픔 속에
펼쳐 보는 보법步法이다
더러는 편안한 마음 불을 붙여 날려 본 뒤

살아서 뛰는 가슴 영광이라 이름 불러
땀 흘린 자국마다
깃발 같은 아우성을
차라리 모두 한 자리 터져오는 강을 보네

(8) 무의미시無意味詩[*]

한 편의 그림으로 한세상 떠보기다
설명도 관념 또한 끼어들 틈 아예 없어
판단을 유보한 거기
펼쳐지는 미학美學이여

억지로 덧세우면 일그러진 일상 되지
편견을 떨어 내니 차라리 편안하다
순수한 형태로 떠서
얼굴 드는 이 기분

논리나 자유연상
모두 모두 붙잡아서
익어가는 연륜 속에 세월 또한 묶어두고
마침내 불러 본 자유 시가 되어 얼굴 들지

*무의미시無意味詩: 김춘수 시인이 시도한 넌센스 포에트리(non-sense poetry), 이미지만의 서술로 된 시

(9) 유미주의唯美主義

놀람이나 기쁨 있어 똑똑 튀는 세상 앞에
드물게 모가 나서
유행을 자처한다
세상에 번거러운 일 모두 떨쳐 으뜸이다

야한 것 눈가림에 옷차림도 별난 것이
엄격한 시대 조류
만행卍行으로 부채질해
따끔한 일침을 더해 젖어 드는 꽃진 자리

동화적 발상에다 입힌 옷 웃음 되어
시대를 조롱하는
경쾌한 말재주다
차려 온 밥상을 보니 즐거움이 먼저 오네

(10) 메타시[*]

놀람驚異이 놀람으로
시가 되고 그림 되어
잃어버린 그 시간을 다시 살려 펴는 동안
도처에 밀려난 풍경 날 선 비평 꽃길 연다

감수성感受性 깊은 속살
눈이 부신 그 여울로
억측에 미련까지 모두 불러 잠재우고

사람된 마음을 담아 글을 써라 아뢴다

아픔은 아픔으로
뚫려 나와 길이 되나
붓 끝에 매달리던 온갖 근성 뿌리치고
마침내 세기의 시가 되레 살아 태어난다

*메타시: 시에 대한 비평, 성찰 등을 적은 시

(11) 한국의 현대시

뼈 골라 점을 찍는
혼불의 밤은 깊다
시대의 율을 짚어 덧세운 바람 끝에
모두 다 타는 숨결로 고개 고개 넘는 길

찬란한 문명의 덫 똬리 튼 옹이 돌아
추스러 다스리다 다시 접는 걸음새다
먼 바다 동 트는 물결
길이 되는 손이여

흩어진 바람 속에 부활하는 한 왕조가
유파를 달리하는 백가쟁명百家爭鳴 쏟아놓고
역사의 격랑 속에서
잠을 깨어 눈을 뜬다

6부

한양 도성都城길 순례기

나지막한 성루 따라 모여드는 사람들이

가슴에 점을 찍고

오순도순 나눈 얘기

오늘은 발을 내뻗어 부끄러움을 씻으려나

서序

설레는 마음으로 잠을 설친 간밤인데
눈 앞에 펼쳐지는
도성都城길이 완연하다

서울이
바로 여기네
눈이 번쩍 뜨인다

*지난 2021년 11월 16, 17일 양일간, 동래고(40회)걷기모임에서는
한양 도성길(약 18.6Km)전 구간을 회원 8명이 참가하여 완주했다.

숭례문崇禮門[*]

겹겹이 쌓은 연분 풀어보면 또 하나 강江
오가는 나루 위로
많은 짐 부려 놓고
버티어 천년 사직을 이 한 몸에 싣고 간다

펼쳐 든 지붕으로 늠름해진 품새 따라
겨레의 갖은 풍상
예禮로써 다스리며
발 뻗어 걸어갈 먼 길 만리 앞을 보라 한다

*숭례문: 한양 도성都城의 정문, 태조 5년(1396)에 세운 국보 제1
호인 남대문, 숭례문崇禮門이라 내건 양녕대군의 현판 글씨가 돋
보인다.

목멱산木覓山[1] 공원公園

팔도에서 올라온 불 바로 예서 접었는가
철갑을 두른 솔은
청남빛 한 줄기다
봉화烽火의 기미 없는 날 무지개를 띄우자

예님의 본길 따라 걸음 또한 재발라라
빌딩 숲 가장자리
말씀[2] 새겨 살찌우고
무성한 꽃담의 둘레 풀숲 늘려 든든하다

1)목멱산木覓山: 서울 남산南山의 옛 이름

2)남산공원에 설치된 각종 조형물에 새겨진 어록

흥인지문興仁之門[*]

낙산洛山의 전망 좋은 운기를 끌어모아
쌓은 덕 문턱으로
밀려드는 옹성 위로
다양한 삶의 궤적도 함께 늘려 질펀하다

불 밝힌 도성 안에 어진 이의 넉넉함이
넓은 길 어깨 넘어
사통팔달 이어 닿아
인의仁義의 근본이 되는 그 하늘로 펼쳐 든다

*흥인지문興仁之門: 우리나라 보물 제1호인 동대문, '인仁은 곧 사
람을 사랑함'이다.

와룡공원臥龍公園[*]

장수匠手 이화梨花 벽화마을
성북길은 도도하다
혜화문惠化門 굽이 돌아 백악白岳 구간 들어서니
문양도 금빛 사슬에 층을 이룬 계단 본다

성곽도 잎새들도
쌓아놓은 물결 되어
찬란하다 타는 불꽃 그 성상 꺼내 들어
우뚝한 백악白岳 산정에 질펀하게 누웠다

*와룡공원: 층을 이룬 성곽이나 단풍의 아름다운 빛깔의 모습이 누런 용이 누워 있는 것과 같이 아름답다 하여 붙인 이름

숙정문肅靖門[1]

백악(342m)지붕 더듬어서 끊긴 길 잇는 마루
말바위 안내소에 출입증을 바꿔 달고
가파른 능선을 따라
열고 닫는 지혜智慧의 문

취병翠屛[2]의 방패 두른 경계를 뛰어 넘어
삼청공원 펼친 전경 조요롭게 바라볼 제
어디서 앞을 막는 불빛
달려오는 경계병

1)숙정문肅靖門: '엄숙하게 다스린다'는 뜻을 지닌 도성의 북대문

2)취병翠屛: 꽃나무 가지를 이리저리 틀어서 문병풍 모양으로 만
든 생 울타리

창의문彰義門[*]

문 걸어 잠근 골목 잘룩해진 계곡이다
더러는 노을 내려
이름마저 자하紫霞런가
백악白岳과 인왕仁王을 안아 숨 고르며 앉았네

나지막한 성루 따라 모여드는 사람들이
가슴에 점을 찍고
오순도순 나누는 얘기
오늘은 발을 내뻗어 부끄러움을 씻으려나

*창의문彰義門: 일명 북소문으로 '옳은 것을 드러내게 한다'는 뜻을
지닌 문, 1·21 김신조 일당의 불의의 습격으로 일시 폐쇄됐던 문,
인근에 윤동주 문학관과 총탄을 맞은 1·21사태 소나무, 그때 순직
한 최규식 종로경찰서장의 추모비가 서 있다.

인왕산仁王山[1] 정상에서

손 내면 닿을 듯한 청운대靑雲臺를 마주하며
발 아래 푸른 기와[2]
뛰어올 듯 또렷하다
백의白衣의 어진 백성이 겹겹으로 앉아 있네

남산南山을 밥상으로 차려 놓은 명당터에
700년 도읍으로
애환을 묻어두고
어진 이 함께 손잡아 천만년을 살고파라

1)인왕산仁王山: 한양의 온 시가지가 다 내려다보이는 338m의 한
양 도성길의 가장 가파른 바윗길의 최고봉

2)푸른 기와: 청와대

경교장京橋莊[*]

때 아닌 광풍으로 가는 길을 막고 서나
눈보라 헤친 풀숲
아침이 되었는데
그 아픔 녹기도 전에 굽어 접던 역사여

상해上海의 건각들을 한 자리 불러 놓고
천상과 지상에서
울고 웃고 다독일 제
언제쯤 꿈꾸던 문화 이 땅 위에 이루려나

*경교장京橋莊: 돈의문敦義門 터 바로 옆에 독립된 후 조성된 김
구金九(1876~1949)선생이 집무하던 곳.

덕수궁德壽宮

물 오른 저녁놀이 바람결로 몰려와서
단풍잎 되었는가
커피 향도 자욱하다
뜰 앞에 불을 지피고 애기꽃이 만발한다

편전便殿을 열고 앉아 모둠발로 뛰던 그 임
열 짓던 문무백관文武百官
모두 불러 줄을 이어
오늘은 돌담길 따라 어깨 겯고 걸어보세

돈의문敦義門[*] 터

끊긴 길 묻고 물어 서대문西大門을 찾고 보니
대문은 간 데 없고
걸괘만 붙어 있네
잠이 든 한양 도성을 다시 깨워 걸으려나

어제는 사신들이 줄을 서서 드나들던
왕십리往十里가 어디런가
파발마擺撥馬를 띄우라네
수행할 역관을 불러 그도 가자 다그친다

*돈의문敦義門: 서대문, 복원이 안 되어 본래 있던 곳에 걸괘만 붙
어 있다

결結

서울과 부산 간의 그 거리를 재어 볼까
하룻밤에 몇 천 번씩
왔다 갔다 하는 거리

걸어 둔
문의 빗장을
따고 보니 여길레라

부산시조 통권 49호 특집 원고_1980년대, 이성호

〈대표작〉

나비가 된 장자莊子

(1)

바람의 길을 따라 조릉雕陵 속에 들어와서
본시 없던 걸음 밤은 차라리 얇다
잎들이 잠을 다 깨고 다시 잠든 이참에

뼛속까지 우려내던 성찬聖餐의 깊은 골을
한 장의 마른기침 하늘 속에 내가 뜨고
아득한 경계를 지어 꽃을 피어 올린다

내리쳐 되비추는 부푼 걸음 그 틈새로
비집고 들어 온 거울 숨길을 넘나들며
빈자리 마저 채우며 움켜쥐는 날개 한쪽

(2)
광대무변 이 천지에 점 하나 불러놓고
후두둑 열어보는 천양天壤의 오색무늬
손 쥐고 쳐다본 순간 나는 내가 아니었다

걸어둔 넝마로는 채울 수 없는 둘레
한꺼번에 떠올랐다 밀려오는 일망무제
사념은 빛살로 와서 무지개로 앉았는데

너울처럼 무너지는 육신의 무게 너머
보일 수 없는 거리 지척으로 넘나들며
마침내 네가 내 되어 한세상을 드러낸다

〈신작〉
오랑[*]의 거리

계절도 돌아누운 황금빛 먼지에다
무감각 안개 속의 인적 끊긴 번화가다
우울한 검은 그림자
지붕마다 덮고 선다

가는 길 찾지 못해 절규하는 메아리로
건너뛰는 바람 속에 신음은 깊어지고
소문은 날개를 달아
불이 붙어 번져가네

감방이 되는 울 안 파도로 덮인 도시
염색된 한 빛깔 위로 다시 피는 검은 꽃잎
언제쯤 자유를 얻어
이 거리는 숨을 쉴까

*오랑: 카뮈의 소설 『페스트』에 나오는 사건의 무대, 1947년(소설이
발표된 해)북알제리의 작은 항구도시이나, 21세기 지구촌이 현재 겪
고있는 코로나19의 참담한 모습을 미리 알려주고 있는 곳과 같음.

〈시작노트〉

작시作詩 경향을 대별하면, 크게 영감靈感을 중시하는 경우와 영감보다는 창작 과정創作過程 그 자체를 중시하는 경우로 나눠 볼 수 있다. 전자의 경우는 워어즈 워드나 바이런, R. 타고르 등을 들 수 있고, 후자의 경우로는 보들레르, 에즈라 파운드, T.S. 엘리어트 등을 들 수 있다. 시조도 마찬가지다. 1930년대까지는 영감이 중심이 되었다고 본다면, 전후 세대 이후의 난해시는 대부분이 후자의 경우에 넣겠다.

앞의 시조(대표작)는 두 차례에 걸쳐, 떠오르는 영감을 그대로 받아 자동기술로 적은 것이고, 뒤의 것(신작)은 오랫동안 숙고에 숙고를 거쳐 나온 것이다.

신라대총장을 역임한 『현대문학』 출신의 김용태(故)비평가는 앞의 시조를 묶어서 세월이 지나면 고전이 되리라 했는데, 아직 나름대로 평가를 받지 못했고, 뒤의 작품은 카뮈의 페스트를 몇 번 읽고 독후감을 쓴 뒤에 그걸 시조로 다시 고쳐 써 본 것이다.

〈여담〉

*이 대표작품 〈나비가 된 장자莊子〉를 두고, 어느 국문학자는 이 작품이야말로 문학사의 획을 그을 만한 작품이라 했으며, 일간신문 시 '월평'을 맡은 일이 있는 어느 부산의 중견 시인은 우리나라 5천년 역사상 가장 뛰어난 시조 작품 한 편이라고 극찬하기도 했다.

『한국현대시조시인대사전』 수록 작품 단평

(2021. 01. 25 발행)

　이성호의 시조는 삶의 일상이나 자연, 고전古典을 주 대상으로 하여 윤리적 가치관에 근거하여 노래하되, 현대시조로서의 다양한 형태의 변조가 이루어지고, 주객 일여一如의 새로운 세상을 희원하는 작품「나비가 된 장자」등과 인류의 이상 실현을 노래한 「진달래」「종소리」, 생명의 큰물이 되라는 일깨움인 「도덕경을 읽는 나무」 등으로 다양한 삶의 철학을 구현하고, 문명 비판적 삶을 관조하는「자화상」등의 관점에서 교훈적이며, 사람답게 살아가는 방법에 대한 진지한 탐구를 노래한다.

　　　　　　　　　　　신진(시인, 평론가, 동아대 명예교수)

시조집 『꽃물 든 탑을 보며』를 읽고

이성호 선생님, 안녕하십니까?

오랜만에 시조집으로 진면목을 뵙습니다.

언젠가 '동방의 빛' 같은 시집 한 권 내리라시던 말씀,
두고두고 되새겨지더니

『꽃물 든 탑을 보며』[1]는 기대에 부응하는, 시적 기지와
미적 관찰력과 지성을 두루 갖춘 시조집이라 생각됩니다.
프로필만 간략히 하시면 웬만한 출판사에는 출판사 기획
도서로 낼 만한 수준이라 생각됩니다.

시조라는 통발이 선생님께는 오히려 감성의 안테나가 되
는 듯 해돋이가 되다가 누에의 꿈이 되다가 빨랫줄이 되기
도 하고, 바람의 길이 되기도 하고… 이중섭이 되기도, 안
중근이며 매미의 덕이 되기도 하는 경이로움을 만납니다.

다시 뵐 때는 교육감[2]보다 훨씬 더 존경스러운 모습으
로 보이시리라 생각됩니다.

더욱 건강하시고 강녕하시길 바랍니다.

                                        후배 신 진 드림

1)2017년 9월에 발간한 시조집 이름

2)본인은 지난 2010년 부산광역시교육감 선거에 출마한 일이 있음

시조집 『도덕경을 읽는 나무』를 읽고

_김태경(시인, 문학평론가)

먼저 시집의 제목을 보고 『도덕경을 읽는 나무는』 얼마나 깊은 깨달음을 얻었는가? 호기심으로 페이지를 넘기며 작품 세계에 빠져 본다.

작품에는 시인의 영혼이 박혀 있다. 좋은 작품을 창작하기 위해서는 늘 깨어 있어야 한다. 가끔 좋은 시를 만날 때마다 "깨어 있으라. 내 그대에게 도적같이 다가가리니"가 생각난다.

시인은 늘 깨어 있어야 한다. 그래서 어느 날 문득 갑자기 시심의 연못 위로 샘이 퐁퐁 솟아오를 때 이 맑은 물을 포착해야 한다.

'도덕경道德經을 읽는 나무'는 초장부터 마음을 사로잡는다.

"공원에 들어서니 책을 읽는 나무 있다."로 시작되는 5연의 연시조 형식이다. 마지막 종장에는 "책 속에 길이 나서는 도덕경道德經이 되라 한다."로 끝맺음하고 있다.

나무 한 그루 앞에서 옷깃을 여미고 겸허한 자세로 나무와 교감을 하고, 또 가르침을 받는다는 것은 열린 의식이 있어야 가능하다. 그 가능한 세계를 시적 형상화를 통해 표현해내는 일 또한 물길을 따라 흘러가는 물과 같다. 또한, 다른 작품 '차마설借馬說'과 함께 의미 전달이 깔끔하다.

다 읽고 나서 가만히 되새김하다 보니 시조를 통해 압축미, 시어의 적절한 선택, 표현의 미를 위한 절제, 예민한 촉수로 대상을 포착하는 힘 등을 생각하게 된다.

이성호 시인은 참으로 오랫동안 시를 만지면서 살아온 분이라는 것을 생각하게 된다.

앞으로 더욱 더 좋은 시를 만나 행복하게 자수하듯이 수놓아 한세상 맑고 투명한 울림이 되는 시를 썼으면 하는 바람을 가져보면서, 이 자리를 통해 감상문을 살포시 내려놓는다.(2015. 11. 11. 인터넷 자유기고에서 옮김)

시조집 『구룡폭포에 오르며』를 읽은 소감

_벽천 이규남(서회화가)

시조집의 본문이 되는 주요 내용은 마치 타고르의 서사시 『기탄잘리』를 읽는 것 같다. 등장하는 두 인물이 일순, 서로 얼굴을 마주할 수 없는 이 기상천외의 이적異蹟은 〈기탄잘리12〉의 마지막 부분("내다! 하는 확언의 홍수가 온 세상에 넘쳤나이다.")과 같이 5천년 인류 역사를 바꿀 만한 지구상의 가장 큰 뉴스거리가 되고도 남으리라.

시인 이성호는 평생을 곁에 살면서 지난 1960년대 말부터 최근까지 일요취미회, 우리문화회 등의 예술 취미 활동과 문예 창작 및 보급 운동을 함께 한 벗이자, 동호인이었다.

그렇게 가까이 있으면서도 모든 걸 초연하고, 고뇌하며 극비에 부쳐 살아온 이성호 시인이 인류사를 바꿀 만한 원대한 사상을 품고, 생활 속에서 묵묵히 혼자 나름대로 실천해 왔으며, 그 자신이 이 세상에 나와 있는 모든 시의 뜻이 궁극적으로 지향하는(〈기탄잘리72〉의 끝부분과 같이) 단 한 사람인 예언의 시인임을 알고, 깜짝 놀라 한동안 멍멍해졌으며, 더없는 경하와 무한한 공감의 하늘로 뜨거운 갈채를 보낸다.

제16회 경암상 수상 후보자(2019년도)

_시인 이성호 추천 공적 내용

1. 시인 이성호는 문단이나 학계에서 지금까지 잘못 알려졌던 이육사의 시 〈광야廣野〉와 노벨수상작인 타고르의 서사시 『기탄잘리』의 중심내용을 새로운 해석으로 바로잡았으며, 일생 동안의 시작 경험과 기상천외한 이적異蹟인 사실의 고백으로 두 작품은 실현 가능한 예언이며, 실제 있었던 주인공으로서 인류문화사를 바꾸어 놓을, 유불선 儒佛仙 3교 회통의 녹아 있는 철학으로 그 사상을 견지해 온 무명의 교사이자 한 사람의 시인임.

두 작품의 새로운 해석
(1) 〈광야〉의 1연 '~들렸으랴.'의 해석은 '들리지 않았다.'가 옳음. "들렸다, 들리지 않았다."로 서로 다른 두 가지 의견 가운데 고려대 김OO 교수 등의 '들렸다'의 해석은 잘못된 것임.

또한, 학계나 평단에서는 〈광야廣野〉의 주제를 "조국광복을 축원함"으로 해석해 왔는데, 이는 잘못된 것이며, 그 바른 주제는 "시의 모든 뜻이 근본적으로 지향하는, 위대한 한 사람의 민족시인이 나타나기를 축원함"을 주제로 바로 잡아야 하며, 1연과 마지막 5연은 서로 호응 관계를 이루어 이 민족시인은 문화사의 새로운 역사를 이끌어 줄 닭울음 소리의 실제 주인공임을 밝혔음.

(2) 『기탄잘리』의 주제가 되는 내용은 100여 편의 연작 중 35번째의 작품이다. 이 작품의 머리에 얹은 '동방의 빛' 은 단순히 우리 민족을 격려하기 위해 보내온 것이라고 하지만, 서사시 『기탄잘리』 전체는 타고르가 생전에 그 자신이 밝혀둔 것처럼 내세에 일어날 일을 예시한 작품으로, 주인공 두 사람은 운명적으로 평생 동안 서로 얼굴을 볼 수 없는 가운데, 간난의 불우한 생애를 통하여 마침내 노래(神樂)와 춤(神舞)으로 사랑이 완성되고, 새로운 인류 문화를 창조하는, 주인공으로 봐야 하는 것이 바른 해석 임(증거: 이성호 논문 부산광역시 퇴계학연구원 '시민문화 강좌' 발표 2019. 3. 29. '동방의 빛과 유불선').

『기탄잘리』에 나타난 사상은 일반 학계에서 말하듯이 단순한 하나의 종교를 노래한 것이 아니고 지금까지 인류가 쌓아온 종교와 철학을 근본적으로 바꾸어 놓은 토인비의 『역사의 연구』 마지막에 나오는 '신이 인간으로 나타난 모습'이며, 니체가 예측한 초인의 등장으로 "고요한 아침의 나라, 노래의 미궁에서…" 이루어지는 유불선 3교가 합일된, 코리아의 전통적인 사상에서 찾아야 함(증거: 상기 논문과 타고르의 사상이 집약된 그의 시와 전집).

＊『기탄잘리』의 시의 내용과 같이, 1974년도 부산의 초량중학교(현재 부산중학교)교사 이성호는 동료교사였던 '글사랑(文愛)'이라는 이름(〈기탄잘리 54〉 "임께서 물으시던 이름" 참조)을 지닌 외국어 교사(현재 서울시 강남구에 거주함)와의 사이에 교무실 전체가 울음바다가 된 사건 뒤의 이적異蹟으로, 일생 동안 서로 생리적으로 얼굴을 못 보는 '한 몸'과 같은 관계(『기탄잘리』의 일관된 내용)로 바뀌어, 갈등과 화해를 거듭하다 신악(노래)과 신무(춤)로 마침내 사랑이 완성되고, 인류 역사의 새로운 사상에의 길을 연다는 내용으로 해석해야 하는 것이 바른 해석임)(증거: 상기 논문 및 실제 상황)

2. 이성호는 지난 40여 년간 500여 편의 시와 시조, 100여 편의 칼럼과 평설을 문단에 발표했는데, 최근 들어 그의 작품이 빼어난다는 평가를 받고 있어 평단의 새로운 해석이 요구됨.

(1) 시조시인이며 평론가인 권혁모는 이성호의 시조 〈이중섭, 그는 소〉는 그림에 있어 이중섭의 작품과 동일선상에서 화가와 시인의 감수성과 서정성이 절묘하게 맞닿아 있다고 평(2017. 시조미학 봄호 계간평)했으며, 국문학자 김영만 박사는 시조 〈나비가 된 장자〉에서 "우주 전체를 읊고 있는 장자의 웅혼한 정신과 세계관을 노래했으며, 화판과 화구가 필요 없는 그 그림(시)이 문학사에 획을 그으리"(제2시조집 발문)라 했다.

(2) 시인이자 평론가인 강준철 교수는 2018년도 부산시단 작가상 심사에서 작품 〈은유의 힘〉은 은유의 본질을

넘어 그 가치, 고뇌와 의미까지를 비유적 이미지로 잘 짚어내어 우수성이 인정되어 최우수 작품으로 선정되었다 했다.

(3) 평론가이며, 부산문협회장과 신라대총장을 역임한 김용태 박사(고)는 생전에 "이성호의 일련의 작품은 뒷날 고전이 되어 남으리라" 했으며, 소설가 김상남, 시인 백영희 등은 "그대 오직 한 사람 천상의 시인이라" 극찬하기도 (시집 『은유의 힘』 표사)했다.

—이하 중략—

상기 내용은 사실과 다름없음을 증명하며, 이에 경암상 (2019년도)인문사회 부문 수상후보자로 추천합니다.

추천인
신라대학교 명예교수, 사범대학장(전)주상대
부산대학교 명예교수, 상과대학장(전)김유일
부산교육대학교 교수, 총장(전)* 하윤수

*추천인 중 하윤수 총장은 지난 6월 1일 지선地選에서 '부산광역시 교육감으로 당선'되어 현재 부산광역시 교육감으로 재직하고 있음

*추천인 사인 생략, 당해연도 인문사회 부문(문학예술 포함)에는 '수상자 없음'으로 발표되었음(역대수상자 중 문인은 김지하 등 2인에 불과했음).

시조의 미래를 위한 몇 가지 제언

_이성호

1. 서언

시조는 '시절단가음조時節短歌音調'라는 말에서 나온 명칭이다.

시조를 구성하는 바탕이 되는 초, 중, 종 3장은 천天, 지地, 인人 삼재三才를 뜻하고, 6구는 주역의 6효爻, 12음보는 12개월, 각 장의 4음보는 4계절을 나타내어 우주 만물의 근원과 그 주된 사상을 담은 것이라 했다. 자수율, 음보율 등의 리듬은 겨레의 얼과 정서를 가장 자연스럽게 표현하는 문학의 형태로, 흔히 시조를 일러 민족혼의 내재율이라 한다. 민족 문학의 정수요, 민족과 운명을 같이한 문학의 독립 장르로서, 지난 700여 년 동안 면면히 이어져 겨레의 사랑을 한몸에 받아 왔다.

그러나, 최근대에 와서 외국에서 들어 온 무분별한 시대의 조류나 여타 문학 장르와의 변별성 부족에서 오는 현상으로, 그 장점을 제대로 살리지 못하여, 본의 아니게 문학의 변방으로 밀려난 것 같은 형국이 되었다.

우리 문학이 세계로 나가기 위해서는 우리 겨레의 DNA라 할 만한 전통문학의 핵인 시조를 일으키는 것이 급선무이기에, 우리의 시조인들은 그 막중한 사명을 감당하기 위해 투철한 사명감으로 시조를 더욱 가꾸고 다듬어 세계 속의 문학으로 우뚝 세울 수 있게 노력해야 할 것이다.

2. 현대시조 100년의 역사로 본 문제점

우리나라의 현대시조가 본격적으로 나타난 것은 육당과 춘원의 이른바 2인 문단시대를 넘어 1920년대에 노산과 시조 혁신운동을 일으킨 가람에 와서 비로소 좋은 현대시조 작품이 나오게 되는 바, 이는 카프문학에 대비되어 우리의 문학을 시조를 통하여 민족 문학의 정통성을 되찾아야 한다는 주장에 그 설득력을 얻게 된다.

그러나, 밖으로부터 들어온 새로운 문예사조와 자유시의 물결에 휩쓸려 위당이나 조 운과 같은 뛰어난 시조시인들이 뒤이어 배출되었으나, 제대로 자리를 잡기에는 어려움이 많았다.

1930년대에 나타난 순수시나 모더니즘 계열의 주지시,

새로운 실험시 등의 발표로 우리의 현대시가 양이나 질적인 면에서 괄목할 만한 성장과 발전을 거듭해 왔으나, 시조에 있어서는 그렇지 못했다. 해방을 전후로 하여 김상옥이나 이호우, 뒤이어 이태극, 장순하, 이영도, 박재삼과 정완영 등 빼어난 시조인들이 주목할만한 작품을 발표하고, 시조전문지를 발간(1960)했으나, 자유시와 나란히 하기에는 아무래도 역부족力不足이었다.

설상가상으로 자유시에 있어서는 전통적인 가락이나 정서를 바탕으로 한 서정시라 해도 시적 대상에 대한 객관적인 모습을 노래한, 일군의 사물시(physical poetry)나 주관적인 의미까지도 배제된 무의미시無意味詩, 거기에다 다양한 현대주의 기법을 도입한, 새로운 형태인 모더니즘이나 한 걸음 더 나아간 포스트모더니즘 등 다양한 형태의 작품들이 나타나기도 했다.

또한, 서술 중심의 역사적인 사건이나 민중의 호흡을 대신하는 새로운 시대의 사회적 리얼리즘을 제창한 참여시 등도 나타나 다양한 형태로 나가게 된다.

시조에 있어서도 현대시조의 흐름으로 보아 7, 80년대에 오면, 새로운 시조시인들의 등장으로 현대적인 감각을 노래한 연시조나 사설시조 나아가 옴니버스 시조의 형태에 이르기까지 많은 새로운 방법을 모색하여 시조의 붐이 일어나기도 했으나, 시조 작품이 지닌 전통적인 시조로서의 변별력이 돋보인 우수한 작품을 찾기가 쉽지 않아, 사설시조의 경우 오히려 산문시(자유시)와 비교하기 어려운 경우도 있었으며, 2,000년을 전후로 하여 우리 문학에 있어서 이념 중심의 교육과정의 변천과 지나친 서구의 사조를 과신하는 등으로, 우리의 좋은 점마저도 간과하는 우를 범하여 교과서에서조차 시조의 단원이 사라져 뒷전으로 밀려나는 형국이 되었다. 이러한 현상은 갈수록 심화되어 시조가 자유시의 작시 기법까지 닮아가려는 현상인, 현란한 기교 중심의 난해한 작품으로, 시대의 정신을 시조로 대신하게 어렵게까지 되었다.

3. 현대시조의 바람직한 새로운 방향

(1) 전통적인 시조의 고유한 형태 계승 발전

단시조가 많은 고시조에 비하여 현대시조는 연시조가 중심이 되어 있다. 현대라는 특성으로 복잡하고 다양한 사상이나 정서를 담기 위해서는 형태 또한 다양하고 복잡한 것은 당연한 현상이다.

줄글로 된 내리박이식 표기인 전통적인 고시조에 비하여, 현대시조는 음보가 중심이 되는 3장 6행식 표기나 장별 행을 달리하는 구별 배행이나, 나아가 비음보식 표기나 음보를 살린 자유형, 그리고 장, 구, 음보 구분 없는 산문식 표기나 때로는 도형이나 특별한 활자의 크기나 모양을 달리하는 포말리즘의 형태에 이르기까지 시조도 자유시처럼 이미지나 시어의 시각화 등으로 다양하게 표현하는 경우도 많았다.

문제는 내용도 마찬가지지만, 형태에 있어서도 시조가 지닌 전통적인 특수성을 무시하고, 자유시의 시풍을 닮아 가려는 태도는 지양하는 것이 바람직하다고 본다.

(2) 시조의 본령을 지키면서 현대적인 감각을 노래한 시조

시조의 출발은 향가나 고려가요가 지닌 음보(리듬)와 같은 속성, 음악(창)의 가사로부터 시작되었다. 현대시조도 시조가 지닌 본령에서 크게 벗어나서는 안 된다. 문학의 정통성 확보는 긴 역사를 통하여 체질화된 노력의 소산으로 이루어지는 결과다.

시상 전개에 있어 가사歌辭보다 응축되어 단단하고, 한시漢詩보다 자수 구속이 덜하여 시상 전개가 용이한 것이 시조의 장점이다. 이 장점을 어떻게 살리는가 하는 것이 바로 시조의 생명을 담보하는 요건이 된다.

시조의 안정된 통사구조의 형태는 어디까지나 문장이나 구의 위치를 아무렇게나 바꾸는데 있는 게 아니고, 시조로서 막힘이 없는(不隔), 산만하지 않는 자유시와는 다른 변별력을 갖고 있어야 한다. 사설시조의 경우는 특별히 경계할 일이다. 시적 구조로 보아 긴장된 음보의 긴밀성이나 내용이 지닌 해학이나 풍자 등의 골계미滑稽美 등

으로 산문시와는 뚜렷이 구별되는 변별력을 갖고 있어야만이 장시조로서 성공할 수 있다고 본다.

(3) 내용상으로 본 시조 쓰기의 바람직한 방향

첫째, 우리 민족문화의 원류에 대한 깊은 자각과 천착.

고대 한국 문화의 뿌리가 되는 중심 사상은 천지인天地人 삼재三才를 근간으로 한 '붉'사상과 홍익인간을 바탕으로 한 유불선儒佛仙 3교일체의 상생 융합 화극의 정신이다.

사람은 하늘과 땅을 본받아 삼라만상의 중심이 되는 본체로 서로 융합 조화를 꾀하여 닮아가려는 정신이나 3교를 허심탄회하게 받아들여 상대에 맞추려는 이타행利他行의 가르침은 서로 같은 것으로, 위기에 빠진 인류를 구원할 수 있는 우리 민족이 낳은 세계를 구원할 수 있는 가장 위대한 정신이라 할 수 있다.

교敎와 선禪, 그리고 유불도儒佛道 3교사상은 서로 다른 것이 아니기에 상호 융합 화극으로 허심탄회하게 받아들이는 것은 당연하다.(고운 최치원)

이러한 가르침은 최치원에 이어, 고려말의 이규보나 선초의 김시습, 조선 중기의 서산대사, 동학의 최제우나 주체적인 사학을 정리한 신채호의 사상 등으로 이어져 겨레의 얼로 승화 계승되었다.

이러한 겨레의 고유한 정신과 사상은 역사적 접근을 통한 근원적 생명력에 대한 탐색으로 시조 작품 속에 담아

내어 새로운 가치를 창조함으로써 어려움에 빠진 인류를 구원하는 메시지가 될 것이다.

둘째, 자연 친화, 생명존중, 인류 공영을 위한 범신론적 세계관의 구축.

코로나19가 창궐하는 최근에 와서 인간은 지금까지 인간중심주의로 잘못 살아온 지난날을 자아성찰自我省察로 깊이 돌아봐야 할 것이다. 지구는 인간만을 위한 공간이 아니다. 사람을 비롯한 삼라만상이 다 함께 누려야 할 공간이요, 지속 가능한 발전의 바탕이 되는 토대가 되어야 한다. 따라서, 온 인류는 먼저 공존공영을 위하여 자연친화사상으로 자연을 애호, 보존하고, 온 인류가 사해동포주의로 서로를 겸허히 받아들여 함께 걸어가야 한다.

곁들여, 멀지 않은 장래 분단된 남북이 하나가 될 것이기에, 한민족 공동체의식을 드높이는 정신의 제고로 서로를 감싸 안는 화해의 틀을 작품을 통하여 만들어 가야 할 것이다.

일찍이 역사학자 아놀드 토인비는 『역사의 연구』 그 말미에 인류 구원의 등불은 동방에서, 신이 인간화된 새로운 범신론에 바탕에 두고 온 인류가 하나가 되어 걸어갈 길을 찾을 것이라 예단한 일이 있다.

셋째, 뉴 에덴시티 프로젝트로서의 시조.

질 들뢰즈는 아리스토텔레스가 주장한 예술의 모방론에서 한 걸음 나아가 모든 예술은 단순한 모방이나 재현이 아니라, 거울에 비치듯이 앞으로 일어날 세계를 알려주는 미래의 소리이고, 장래를 보여주는 여행이 되어야 한다고 했다.

좋은 시일수록 하늘의 뜻을 풀어 밝힌 것(이규보)이며, 위대한 시일수록 위대한 사상과 철학을 담아야 한다.(롱기루스)

시(시조)가 예언이나 예언에 가까운 일깨움이 되고, 세계적인 사상, 인류의 보편적인 이상과 평화를 실현시킬 구원의 외침이 되기 위해서는 우리 민족의 세계사적인 사명을 성취할 원대한 꿈과 이상을 작품 속에 쏟아 넣어야 한다.

'뉴 에덴시티 프로젝트'라는 말은 R. 타고르가 우리나라에 보내온 '동방의 등불'(1929년 4월 동아일보)해설에 처음 썼던 말로, 인류의 새로운 문명을 창조하려는 겨레의 염원이 담긴 구원의 사상으로, 인류의 이상적인 낙원 건설을 앞당기려는 정신이며, 바로 이 정신이 내일의 이 겨레를 위한 시조의 중심이 되는 사상이 되어야 한다.

넷째, 전위적前衛的 예술 작품으로서의 시조 창작.

냉철히 생각해 볼 때, 지금까지 주류를 형성해 온 우리 겨레의 개인적인 서정시만로서의 시조 창작은 하루가 다르게 바뀌는 새로운 환경에 부합할 수 있는 사상이나 철학을 담기에는 한계가 있다.

우리 시에 있어 새로움의 시는 한낮의 때 묵은 노래가 아닌 새로운 시대나 역사를 내다보며, 새 시대의 문명을 창조한다는 소명 의식이 들어 있는 살아있는 목소리가 되어야 한다. 흔히 포스트모더니즘이니, 전위시라는 말을 자주 쓰지만, 시에 있어 언어나 문법, 통사적인 형태의 전위도 필요하지만, 그보다는 보다 절실한 시대의 철학과 가치를 담고 있는 새로운 역사의식의 진정한 전위시가 요청된다 할 것이다.

오늘날 신예작가를 중심으로 사설시조나 옴니버스시조에서 일부 실험적으로 모색하여 성공한 옛 신화나 역사적인 사건의 서사적 구조로서의 접근이나 참여 또는 민중시로서의 시조 창작도 그 방법의 하나다. 그것이 이 어려운 시대의 난국을 헤쳐가는 진정한 길잡이로서 시조의 전통을 살리면서 외연을 확장하는 우리의 시조인들이 담당해야 할 보다 큰 과제라 할 것이다.

4. 시조의 세계화를 위한 구국의 결단

며칠 전, 지상에 보도된 바에 의하면, 우리글 한글을 국어로 사용하는 나라는 3개국, 해외 대학에서 한국학 학위과정 운영 대학은 87개국 464곳, 한글(세종)학당은 84개국 244개소, 한글학당에 지난해 수강한 학생 총수는 8만

1,476명에 이른다고 했다. 불과 20여 년 동안에 괄목할 만한 성장과 발전을 보이고 있지만, 시조의 경우는 아직도 시조를 전담하여 강의할 만한 교재나 교수, 학과가 없고 한글학당에서조차도 시조에 대한 지도 관련 과정은 거의 전무한 것이 현실이다. 작품의 번역에 있어서도 일부 소설에 치중되어 있고, 시의 경우도 자유시나 아니면 부분적으로 고대 가사나 민요의 경우에 불과하다.

정형시를 두고 보면, 한시나 일본의 하이쿠나 와까의 경우는 이미 제 나라의 국민시가 되어 학교는 물론 정규 방송이나 신문 등에서 주기적으로 애창하고 평가하여, 자기 나라의 시를 모르면 오히려 부끄러울 정도가 되었다. 자국인은 물론 외국인 가운데서도 주기적으로 전문 지도 강사나 번역가를 국가적 차원에서 양성하고 파견하는 등 적극적으로 지원하는 체제가 되어 있다.

우리의 시조가 세계로 나가기 위해서는 한류 문화의 뿌리가 되는 아이콘인 위대한 시조 작품이 도처에서 쏟아져 나오고, 시조의 붐이 조성되는 시대 분위기에 맞추어 그것을 외국어로 번역하고 널리 홍보함으로써, 그 문학적 가치를 향유하는 세계인이 많아져야 하는 것은 당연하다.

시조의 생활화 국민화를 위한 온 국민 민족시(3행시)짓기나 제창 운동, 애창대회, 생활시조의 일반화를 위한 언론 매체의 적극적인 참여, 운영 또는 지원 재단의 설립 활동, 기금의 조성, 책자의 발간과 번역 보급 사업, 시조 전문도

서관 설치 등이 지역마다 활성화되어야 한다.

또한, 밖으로는 시조를 위한 체계적인 시조 전문 해외 지도자 양성, 시조 문학교수 해외 파견, 외국출판업자 한국초청, 효율적인 홍보전략, 외국 문학 특집에의 시조 소개, 학술교류 촉진, 번역된 작품 데이터베이스 구축, 관련 학술기관 교류 활동의 활성화 등으로 그 영역과 활동 범위를 넓혀가야 한다.

5. 결어 / 절창의 시조 창작을 위한 다짐

(1)
동짓달 기나긴 밤을 한 허리를 베어내어
춘풍 이불 아래 서리서리 넣었다가
어른 님 오신 날 밤이어든 굽이굽이 펴리라.
(황진이)

(2)
사람이 몇 생生이나 닦아야 물이 되며
몇 겁劫이나 전화轉化해야 금강에 물이 되나!
금강에 물이 되나!

샘도 강도 바다도 말고

옥류玉流 수렴水簾 진주담眞珠潭과

만폭동萬瀑洞 다 고만 두고

구름 비 눈과 서리 비로봉 새벽안개 풀끝에 이슬 되어

구슬구슬 맺혔다가

연주팔담連珠八潭 함께 흘러

구룡연九龍淵 천척절애千尺絶崖에 한번 굴러 보느냐

(조운 / 구룡폭포)

(3)

그리움도 한 시름도 발묵潑墨으로 번지는 시간

닷되들이 동이만한 알을 열고 나온 주몽

자다가 소스라친다. 서슬 푸른 살의殺意를 본다.

하늘도 저 바다도 붉게 물든 저녁답

비루먹은 말 한 필, 비늘 돋는 강물 곤두세워 동부여 치
욕의 마을 우발수를 떠난다. 영산강이나 압록강가 궁벽한
어촌에 핀 버들꽃 같은 여인, 천제의 아들인가 웅신산 해
모수와 아득한 세월만큼 깊고 농밀하게 사통한, 늙은 어
부 하백河伯의 딸 버들꽃 아씨 유화여. 유화여. 태백산 앞
발치 물살 급한 우발수의, 문이란 문짝마다 빗장 걸린 희
디흰 적소適所에서 대숲 바람소리 우렁우렁 들리는 밤 발
오그리고 홀로 앉으면 잃어버린 족문 같은 별이 뜨는 곳,

어머니 유화가 갇힌 모략의 땅 우발수를 탈출한다.

말갈기 가쁜 숨 돌려 멀리 남으로 내달린다.
아아 앞을 가로막는 저 검푸른 강물
금개구리 얼굴의 금와왕 무리들 와와 뒤쫓아오고 막
다른 벼랑에 선 천리준총 발 구르는데, 말 채찍 활 등으로
검푸른 물을 치자 꿈인가 생시인가, 수천 년 적막을 가른
마른 천둥소리, 천둥소리… 문득 물결 위로 떠오른 무수
한 물고기 자라들, 손에 손을 깍지 끼고 어별다리 놓는다.
소용돌이 물굽이의 엄수를 건 듯 건너 졸본천 비류수 언
저리에 초막 짓고 도읍하고, 청룡 백호 주작 현무 사신도
四神圖 포치布置하는, 광활한 북만北滿대륙에 펼치는가 고
구려 새벽을…

둥둥둥 그 큰 북소리 물안개 속에 풀어놓고.
(윤금초 / 주몽의 하늘)

(1)은 고시조로서 시조가 지닌 멋과 운율, 외국어로 쉽
게 번역할 수 없게까지 한 우리말이 지닌 묘미와 더할 수
없는 은유의 극치미를 드러내어 따뜻한 여인의 섬세함과
사랑의 곡진함을 절실하게 그려 보였을 뿐만 아니라, 조
선조 여인이 지닌 한과 애수의 근원까지 더듬어 풀어보인
만고의 절창이다.

(2)또한 시조의 전통적인 제재와 형식의 한계를 뛰어넘은 현대 사설시조를 대표할 만한 백미로 회자되고 있는 불후의 작품이다. 금강산 구룡폭포의 비경을 노래하되, 나라 잃은 겨레의 한과 자유에의 기원까지 담아 겨레의 가슴을 울리게 하는 작품이다.

(3)은 최근 우리 시조단에 있어 르네상스라는 말이 나올 정도로 역량있는 시조시인들이 많이 등장하여 좋은 작품들을 발표하고 있는 바, 고구려 건국신화를 제재로 하여, 민족의 역사의식이나 웅지를 펼쳐 보여 새로운 시대의 가치를 창조하는 메시지의 역할을 하고 있다는 평을 들은, 평시조와 사설시조가 혼합된 옴니버스시조의 형태로 한 예가 될 만한 작품이다.

서경書經에 보면, '하늘(惟天)은 무친無親'이며, '유효惟斅는 학반學半' 이라는 말이 있다. 하늘은 누구에게나 열려있는 법이며, 가르침은 배움이 반으로, 학문 연구의 바탕은 일깨움을 전제로 한 자기 지도가 선행되어야 함을 강조한 말이다.

중용中庸에, 지인용智仁勇 삼자三者 천하지달덕야天下之達德也라는 말이 나온다. 흔들리지 않고, 근심 걱정이나 두려움 없는 마음의 수양에서 사물의 물리나 일의 조리가 터져 나오듯, 영감이나 시심도 마찬가지다. 또한, 다산茶山의 말처럼, 진실된 마음에서 우러나오는, 기교보다 내용 곧 철학, 사상, 시대정신이 표출된 위대한 작품을 써야 한다.

시인이라는 허명의 명찰을 과감히 떼 내고, 시대를 구원하고 치유하는 문인으로서의 원래의 기능을 제대로 수행하도록, 우리가 살고 있는 이 어려운 시대에 문학작품이 제대로 시대의 정신을 담아내어 현실을 타개해 나가도록 힘써야 한다.

민족의 정체성(Identity)확립은 민족자존의 긍지를 지키며 민족의식을 드높이고 가꾸는 데서 이루어지는 것이며, 시대의 변화에 관계없이 병존하는 위대한 정신을 다양한 방법으로 찾아내어 갈무리하는 가운데 길러지는 법이다.

7백년 동안 계속된 단일한 형태인 우리의 시조가 문학의 독립된 장르로서, 겨레의 속살인 민족의 역사와 흐름을 다시 복원하고 다듬어서 세계적인 사상과 정신으로 되살려 놓아야 한다.